I0684148

MA RETRAITE.

A HONORINE.

A PARIS,

Chez DELAUNAY, Libraire au Palais-Royal.

AVRIL 1818.

MA RETRAITE.

A HONORINE.

BIBLIOTHEQUE ROYALE

Dans un gothique château fort,
A tour de l'Est, à tour du Nord,
Et non loin des bords de la Loire,
Est une espèce d'oratoire,
Où l'on parvient sans passe-port;
Cellule où l'adroite fileuse,
Dame Arachné, tient ses états;
Rotonde où l'ogive poudreuse
Peut disputer à la *chartreuse*,
L'honneur des plus beaux nids à rats.

Un vitrage peint et mobile
Vient éclairer obliquement
Ce poëtique appartement,
Où s'établit mon domicile;

44020

Et dont je vais , chose facile ,
Vous décrire l'ameublement.

Deux montans tournés en spirales
Et quatre planches inégales,
Un dur et mince matelat
Sur la paillasse demi-pléine,
Deux draps écrus, rideaux de laine,
Court traversin , oreiller plat ,
Et couverture de futaine :
Voici d'abord pour le grabat.

Plus, une légère escabelle,
Trépied sans bronze , guéridon ,
Où la nuit ma lampe étincelle ;
Mais qui dès que l'aube nouvelle
A reparu sur l'horison ,
Près d'une fragile cloison ,
Prenant sa place naturelle ,
Devient le secrétaire heureux
Sur lequel , troubadour fidèle ,
Je griffonne pour vous , ma belle ,
Des vers badins ou langoureux.

Plus , contre la tapisserie ,
Qu'on dit de la Savonnerie ,

Une tablette de sapin ,
Qui , par deux clous assujettie ,
Porte , brochés en parchemin ,
Bernard , Chaulieu , Parny , Bertin,
Piron , Voltaire et Lafontaine.
Ma bibliothèque est mondaine ,
La retraite rend libertin.
La campagne excite la verve ,
Et la santé , mise en réserve ,
Double l'empire du malin.
Privé de tout plaisir profane ,
On lit avec avidité
Ces vers pleins de naïveté ,
Où , sous un voile diaphane ,
Se découvre la volupté ;
Ces vers pleins de témérité
Que la froide raison condamne ,
Mais qu'absout l'esprit enchanté.
Jadis , loin de ces ermitages ,
Et de ces murs silencieux ,
Ecoutant vos préceptes sages ,
Puisant la pudeur dans vos yeux ,
Entouré de douces images
Et de mille objets gracieux ,
Je ne lisais point les ouvrages

De nos conteurs licencieux.
A vos genoux, femme que j'aime,
Le cœur et les sens satisfaits,
Si vous l'eussiez voulu, j'aurais,
Dans ma félicité suprême,
Fait serment de n'ouvrir jamais
Que livres pieux et discrets,
Tels que Bible et Petit Carême.

Remarquez ce fauteuil couvert
D'un velours rapé, qui fut vert ;
Ce n'est pas le fauteuil du page,
De l'innocent *Cherubino*,
Que Rosine trouvait si beau,
Que Suzanne jugeait volage,
Et qu'endoctrinait Figaro.
Il date du temps de Bonneau,
Le complaisant ami du prince,
Connu dans toute la province
Sous le nom du bon Tourangeau.
Il se prête à ma rêverie :
Témoin secret de mes désirs,
Il voit mes ennuis, mes soupirs ;
Venez m'y joindre, ô mon amie,
Alors il verra nos plaisirs !

L'hiver est âpre cette année,
Et cependant ma cheminée
Par la neige reste sans feu.
Si le farfadet veut me prendre,
Par le tuyau s'il veut descendre,
Il est certain qu'il a beau jeu.
Quelquefois je crois qu'il arrive.
Les chats et les chauves-souris
Font d'éternels charivaris,
Qui tiennent mon âme captive
Entre la frayeur et les ris.
Quelquefois, dans la nuit profonde,
Quand de leurs aigres sifflemens,
Et de leurs longs gémissemens,
Les vents épouvantent le monde,
Je me crois soudain transporté
Dans ce palais où Frédégonde
Nourrit son orgueil irrité.
Avide du titre de reine,
Elle prend Macbeth et l'entraîne
Au crime à jamais détesté,
Que Ducis a mis sur la scène.
Je vois le remords et la haine
S'emparer d'un cœur agité ;
Je vois une mère aveuglée,
Par sa propre fureur troublée,

Poignarder son fils endormi,
Et par ce forfait inouï
A l'horreur du jour rappelée.
Je vois des fantomes passer,
Je vois Duncan, j'entends des plaintes
Je vois ces terribles mains, teintes
D'un sang qui ne peut s'effacer....
En lisant ce sombre passage
J'ai peur, à vous parler sans fard,
Que vous ne disiez : Quel dommage,
Mon amant a le cauchemar.

Une carte géographique
Me sert et de glace et d'attique.
Le trait en est exact et net,
Comme aux cartes que Freycinet
Fit graver pour l'Océanique.
Voilà devant moi l'univers,
Je parcours cent pays divers
Qu'habitent des peuples sauvages,
Et qu'à peine les vastes mers
Défendent contre nos travers,
Nos trahisons et nos ravages.
Je vois les Etats divisés
De nos peuples civilisés,
Et cherche en vain des peuples sages.

O pays de la liberté !

Mais sans périlleuse licence ;

O séjour de l'égalité !

Mais sans fâcheuse extravagance ;

Champs fortunés où la clémence

Tempère la sévérité ;

Lieu propice ou la charité

Est synonyme d'indulgence ;

O terre de l'urbanité !

Sans intérêt , sans fausseté ;

Des beaux arts et de l'éloquence

Sans cruelle rivalité ;

De l'éloge sans réticence ,

De la vertu sans âcreté ,

Et de l'amour sans indécence ;

Helas ! où faut-il vous chercher ?

Dans quel désert ? sur quel rocher ?

Dans quel coin de la Mappemonde ?

De quel côté faut-il marcher ?

Pour qu'on ne vous puisse approcher

Vous cachez-vous au sein de l'onde !

    Mais je me suis trop écarté

Du récit que je voulais faire ;

Je reviens à mon inventaire ,

Et reprends ma frivolité.

Vos petits meubles à la mode
Sont tournés, façonnés, vernis,
Et de pointes d'acier garnis.
De simple chêne est ma commode ;
Mais elle renferme un trésor,
Des lettres ! un portrait !... ô sort,
A me poursuivre mets ta gloire,
Je brave ton jaloux transport.
Eh ! qu'ai-je à redouter encor ?
Eh ! que peut m'ôter ta victoire ?
O mon amie ! ô mon bonheur !
Vos lettres sont dans ma mémoire,
Et votre image est dans mon cœur !

Je l'avouerai, vers la retraite
Mon penchant n'était pas porté.
Ce fut un paquet cacheté
Que, par une prompte estafette,
M'envoya mon père irrité,
Qui me fit quitter la roulette,
Le passe-dix et l'écarté,
Où je m'étais fort endetté.
Assez souvent, sans vous le dire,
Chez une comtesse pour rire,
Le soir j'allais prendre le thé ;
Là nous menions joyeuse vie,

La plus charmante compagnie
Tous les jours s'y réunissait ,
Chacun jouait , chantait , dansait ,
Selon sa pure fantaisie.
L'argent aussi disparaissait ,
D'un seul coup tout se dispersait ;
Cependant la foule étourdie ,
Dans ces beaux salons se pressait ,
Brillait un moment , et passait
Comme une fantasmagorie.

A ce métier , bien entendu ,
Ayant mangé mon revenu ,
Sur le fonds je faisais main basse ;
Je me ruinais avec grâce ;
Et tour à tour j'avais perdu
Bijoux , harnois , leste équipage ,
Les pendules étaient en gage ,
Le lustre avait été vendu ;
Et chez mon portier confondu ,
Les fournisseurs et les servantes ,
De leurs plaintes impertinentes ,
Faisaient un concert assidu.
Il était temps de mettre un terme
A tous ces débats scandaleux.
Mon père , long-temps généreux ,

M'écrivit enfin d'un ton ferme,
Qui sut me faire ouvrir les yeux ;
Je vis, par ce rare langage,
Qu'il me fallait plier bagage,
Et prendre un parti vigoureux.
Or sus, sans tarder davantage,
Je fis les apprêts d'un voyage
Où me réduisait le destin ;
Et, m'élançant avec courage,
Sur mon dernier cheval de main,
Du château je pris le chemin.
J'entre au galop, sans qu'on m'annonce,
M'attendant à verte semonce ;
Mais d'avance bien décidé
A vaincre par le procédé,
D'une humble et modeste réponse
Un juge, en tremblant abordé ;
Quoi que son front se montre austère,
Si j'en crois l'instinct qui m'éclaire,
Il sera bientôt déridé ;
Il faudra, malgré sa colère,
Que le pardon soit accordé ;
Car, enfin, ce juge est mon père !
Ma vue a calmé son chagrin,
Il m'embrasse et la paix est faite,

Sa paternité satisfaite
N'y pense plus le lendemain.

La métamorphose est complète.
J'étais autrefois l'interprête
Et de la mode et du bon ton.
J'ignore à présent jusqu'au nom
Des nouveaux objets de toilette.
Minerve, depuis ma défaite,
Peut me choisir pour son hibou.
Mon maître est un anachorète,
Grand admirateur d'épictète,
Dans nos hameaux on le dit fou
Tant notre langue est incorrecte,
Moi je le gronde et le respecte.
Le parc est toujours bien peuplé,
Mais le donjon démantelé
N'a l'air que d'une métairie.
L'équinoxe dans sa furie,
En vain contre nous a soufflé,
Et du haut du toit ébranlé,
Par l'orage et l'intempérie,
En vain les tuiles ont volé ;
Jamais couvreur n'est appelé.
Mon père, entier dans sa manie,
Sur ce n'entend pas raillerie.

Le colombier s'est écroulé :
Il en est déjà consolé ;
Le pont fléchit, le plancher crie :
N'importe, il n'a point reculé ;
C'est un désordre calculé
Qui passe pour économie.
Tout le long du jour nous chassons,
Et quand nous avons pris la bête,
Au repas, tous deux nous pensons ;
C'est un vieux garde qui l'apprête,
Et nous dinons en tête à tête,
Sans avoir besoin d'échansons.
Mon père, amant de la nature,
Serait honteux d'avoir céans
De ces grands valets fainéans,
Qu'on enlève à l'agriculture.
Du reste, on voit parci, par là,
Dans les vallons quelques fillettes,
Dans les buissons quelques fauvettes,
Qui nous tiennent lieu d'Opéra.
O nymphe, mille fois chérie,
N'ayez aucune jalousie,
Je me conduis en Céladon,
Et pour éloigner tout soupçon,
Avec ardeur je négocie
Un mariage de raison.

C'est vous , qu'en paroles expresses ,
Je présente à mon vieux caton ,
Comme la perle des maîtresses.
Il mord assez à l'hameçon ,
Il ne tient pas trop aux richesses ,
Vous êtes de bonne maison ,
Et vos beautés enchanteresses
Rehaussent fort l'éclat d'un nom :
Les jolis yeux font les altesses.
Ce n'est point une illusion ,
De mon cœur , chaste souveraine ,
Un jour ici vous serez reine ;
Il faudra tirer le canon
Quand vous paraîtrez dans la plaine.
Nos villageois , avec gaîté ,
Crîront : salut et révérence ,
Et boiront à votre santé ,
Sans qu'on les ait payés d'avance.
Accourez , venez embellir
Ces domaines héréditaires.
Au printemps , pour votre plaisir ,
S'orneront de fleurs nos parterres ,
Et vous saurez tout rajeunir.

Mon père , comme on le devine ,
Est , au fond , un homme excellent ;

Il n'a de rude que la mine ;
Les sons de votre voix divine
Le soumettront en un moment.
Quand chez lui nous serons les maîtres ,
Nous ferons couper les vieux hêtres
Qui masquent le front du château ;
Nous ferons sauter les charmilles ,
Pour planter dans le goût nouveau ;
Nous ferons restaurer les grilles ,
Et nétoyer les pièces d'eau.
J'ai dressé le plan , dans ma tête ,
D'un petit pavillon carré
Par moi galamment décoré ,
Qui sera prêt pour votre fête.
C'est là que nous irons loger.
D'un bois touffu l'ombrage utile ,
En été couvre notre asile ;
Et quand Eole , au pied léger ,
Sur les campagnes désolées
Ramènera les giboulées ,
Ce bois qu'on sut aménager ,
Tombant sous la hache acérée ,
Malgré la Dryade éplorée ,
De forme à propos doit changer.
De sa dépouille dévorée
Par le calorique étranger

Qu'enflamme une paille souffrée
Et qui tend à se dégager,
Le vif éclat fait prolonger
Les entretiens de la soirée.

Ainsi donc, soit que de ses feux,
Procris ait desséché la terre,
Soit que des climats vaporeux
De la nébuleuse Angleterre,
Viennent les frimas rigoureux,
Pour nous l'air jamais n'est humide,
Pour nous le sol n'est point aride;
Et, constamment chéris des dieux,
Nous retrouvons dans ces beaux lieux
Les palais enchantés d'Armide!

IMPRIMERIE PORTHMANN,
RUE CASSETTE, 9, ET DE LA RUE VILLEDOT

www.ingramcontent.com/pod-product-compliance
Lightning Source LLC
Chambersburg PA
CBHW061431170626
46811CB00005B/2228